ポロンと夢を叶える旅

小学生から始める資産運用

Hakuba

東京図書出版

一度だけの
　君の人生を
　　どう生きるのか。

夢を叶える
　旅の始まり

ボクの名前はポロン、アメリカで生まれたんだよ！
お母さんはペイシーっていうんだ。
ボクはお母さんと二人で暮らしているんだよ。
お父さん……そうだよね。
お父さんはボクが生まれて間もなく病気で天国へ
行ったんだ。
お母さんはボクに"さびしいだろう"って聞くけど
ボクはさびしくなんてない！
だってボクにはお母さんがいるし夢だってあるんだ‼
ボクの夢はっていうとね。
君だけには教えてあげるよ。

ボクの夢は、お母さんにおなかいっぱいごはんを食べさせて
あげることなんだ。
お母さんもボクもいつもおなかがすいているんだ。
お母さんは一生けん命に働いてくれているんだけど、おなかが
いっぱいになるほどのごはんが買えないんだ。
あっそう、それからね！
ボクはおうちを建てるんだ。
ボクはお父さんみたいな強くて優しい大人になって
お母さんにおうちを建ててあげるんだよ。
でもね……。
やっぱりおなかがすいているんだ。

ある時、森の中で小さな鳴き声がした。

"痛いよー痛いよー"ポロンは鳴き声のする方へそっと近づいた。

そこにいたのは若い1羽のニワトリだった。

"どうしたの"

"足にけがをしたの"

ポロンは優しく胸に抱きかかえておうちにつれて帰ったんだ。

そして、夕方仕事から帰ってきたお母さんがニワトリの足に薬をぬってくれた。

ポロンはニワトリにクリックという名前をつけて一緒に暮らし始めたんだよ。

クリックの足はだんだん良くなって"ほら歩けるようになったよ。君のおかげだ"と言ってポロンのまわりを嬉しそうに何度も何度もはね回った。

そしてポロン６歳の誕生日。
ごちそうもなければケーキもプレゼントも何もない。
クリックはポロンに言った。
"ポロン、私を助けてくれて本当にありがとう！　嬉しいはずの
お誕生日にポロンが悲しい顔をしていると私も悲しいわ。
だから私をフライドチキンにして食べて"
ポロンはすぐに怒った顔をして、
"クリック、何を言うの？　クリックはボクの家族なんだよ"
クリックはとても嬉しくなって、ポロンとペイシーのために
毎日タマゴを生んでくれたんだ。

ポロンはクリックの生んでくれたタマゴを毎日市場へ行って売ったんだ。

売ったお金の半分は缶に入れて貯めていった。

「そうさ、クリックのおかげでボクの夢は叶うよ‼

ボクはいっぱい働いて勉強もしたいんだ。そしてお金を貯めて

お母さんのためにおうちを建てるんだ。クリックのおうちも作ってあげるんだよ。

ボクはあきらめない！

君たちも夢を持って、そしてボクの夢が叶う頃にまたボクと会おう。ボクの名前はポロン、忘れないでね！」

ポロンはクリックを助け
　クリックはポロンを助けた。
「与える者は与えられる」
ポロンは優しい心とわずかなお金がある
　さぁーこれから

夢を叶える旅に出よう‼
そう君も一緒だよ
さぁー行こう！

ボクの名前はポロン。
君と一緒に旅をしているんだよ。今は夢を叶える途中……。
旅の途中だけどボクの話を聞いてくれるかい?!

ボクは15歳になったんだよ。
学校でいじめにもあったけど負けなかった。悔しくて泣いたこと
もいっぱいあったけど
ボクはボクさぁ！　ボクの居場所は学校だけじゃなくて世界中
どこにでもあるんだ。世界は広いんだ。だから君も大丈夫さ！

ボクは毎日いろいろなことを学んでいる。
だけどわからないこともいっぱいあるんだ。

たとえばボクの友達キースは夢なんか見つからないと悩んでいる。夢ってどうやって見つけるのか聞かれたけどボクにもわからないんだ。でもキースはきっとこれから夢を見つけるんだ。

ボクは夢を叶える旅の途中だけど、家を建てるまでのお金が貯まらないんだ。

パムのお父さんは銀行に預けてあるけど増えないとなげいていたらしい。

どうやったらお母さんと暮らす家のお金が貯められるんだろう。

このままだったらボクもあっという間におじいさんになってしまう。

あきらめちゃいけない、そうだ、ボクは35歳までに家を建てよう。

そのためにはどうしたら、どうしたらいいんだろう。

そのことがいつも頭からはなれないんだ。

そうだ、お父さんの友達のフィルに聞いてみよう‼

フィルは原油を掘る仕事をしていてお金には詳しい。
増えたお金を学校や病院に寄附している。
そうだ一人で悩まずにフィルに相談してみよう！
フィルはポロンの悩みに心良く応じてくれた。
"ポロン、君はどうしてお金が欲しいんだい？"
"ボクのお父さんは亡くなってしまったから、その代わりにお母さんが一生けん命に働いてくれているんだ。だけど毎日の暮らしは少し楽になったけど、お母さんと住む家を建てるまでには、とうてい足りないんだ。今は雨が降れば床はぬれ、風が吹けば家は飛ばされそうになるし、あたたかいベッドもない。だからボクはお母さんのために絶対に家を建てて安心して暮らして欲しいんだ。
ボクはたくさんのことを学んで家を建てるお金を貯めるんだ"
フィルは何も言わずだまって聞いてくれた。

"ポロン、お母さんのために君の夢が叶ったとき、君はどんな気持ちだい。お母さんはどんな顔をするんだろうね。そして亡くなったお父さんはどんな言葉を君にかけてくれるんだろうね"

フィルにそう聞かれてボクの頭の中はぐるぐると回ったけど、何だか幸せな気持ちになっていることに気がついた。

"ポロン、お金のために働いたら君はいつまでも家は建てられないよ。夢が夢で終わってしまう。お金にしばられているうちはお金にあやつられてしまうんだ。ポロン、あやつられたらダメなんだ。君がお金にエネルギーを与えて働かせるんだ"

ポロンは強いしょうげきを受けた。

そして何となくは理解できたが、頭の中の曇りは晴れなかった。

しかし、ポロンはフィルの話の続きが知りたくて知りたくて、大きく眼を見開いた。

「ポロン、君は、スマホを知っているね」
「ボクは持っていないけど友達は何人か持っているよ」
「その友達はスマホでどんなことをしているんだい」
「時々電話もしているけど、ほとんどゲームかな?!
学校の休み時間や放課後、家に帰ってもやっているみたいだ」
「それを見てポロンはどう思うかね」
「ボクは、スマホは持っていないけど、持っていたとしてもゲームをしている時間なんてないさ。でも持っていたらゲームをやりたくなっちゃうかな」
「そうだよね、ポロン"時は金なり"ということわざを知っているね。
時間はお金と同じように大切だということだ。
時間は有限なんだよ。わかるかい？」

「ポロンが生まれて100歳のおじいさんになるまでの時間は
876,000時間なんだ。
こうしている間もどんどんどんどん時間が過ぎていく。
つまり有限である時間にゲームばかりやっていたら、どうだい？」
「それはもったいないよ」
「そうだろ、それこそがゲームにあやつられているのと同じこと
なんだ。お金も同じさ、あやつられていたら時間はあっという間
に過ぎ去ってしまう。
君があやつるんだ。さっき "時は金なり" と言っただろ。
"金も時なり" お金も時間もとってもとうといもの。
時間を使ってお金に働いてもらうんだよ」
「お金も時間もボク次第ってことなんだね」
「そうだよ」

「でもフィル、お金を働かせるってどういうことなんだろう？」
「よくわからないよね。君が将来どんな仕事につくのか、
もしかしたらポロンが会社を作るかもしれないね。
どちらにせよ、学校を卒業して働くようになったら、もっと詳し
く教えてあげよう」

さぁ〜　夢を叶える旅の途中
　　　笑顔でめいいっぱい楽しむんだ！

お金についてポロンには信頼できる相談者が
必要だった。
夢の実現にはお金を働かせる。
そして「時は金なり」「時間＝お金」である。
一夜にしてお金は生まれない。
お金を働かせて増やしていくには

時間がもっとも大切!!

やがて歳月は流れ、ポロン23歳。
立派な学校の先生となっていた。
子供たちからはたあいもない話にも耳を傾けてくれる、
そして、どんな時も信じてくれると人気があった。
ポロンは気づいていた。
「お母さんもこうしていつもボクを信じてくれていた。
嬉しいときもくやしいときも心が折れそうなときも……いつもだ。
だから子供たちのこともボクは信じるだけさ」

ポロンのお給料はわずかであったが、
そのほとんどが生活費に消えていった。
ポロンは現実的には夢の家を買うにはほど遠く感じていた。
そこでまたフィルに会うことにした。
フィルは亡くなった父親の話もしてくれ、ポロンはフィルに父親
の面影を重ねることもあり、安心できる大きな存在だった。

「お金を貯めていても貯まらないんだね。

お金は時間をかけて増やさなければいけないんだよ。

例えば"投資と投機がある。

この２つは似ているけど違うんだよ。

投資というものはリスクという不確かなことがある。

つまり、リスクというものが減ったり増えたり確実なことはないんだね。

しかし、前にも君に言ったようにお金を働かせて増やしていくには時間をかけるんだ。時間をかけていけばリスクというものは減って、結果的にはお金が増えていく可能性があるんだよ」

「一方、投機というものは今日買ったものが一カ月後に値上がり
したら売ってしまおうかということなんだ。
買ったときの値段より売ったときの値段が高かったら、君はもう
かるよね。
でも投機にもリスクという不確かなことがいつも起こっている。
必ずもうかるなんて誰にもわからないからね。
すごくもうかることもあれば、すごく損をすることもある。

投資も投機もどちらがいいとか悪いということではないんだよ。
ポロン、君ならどう考えるかい」

「損をするのはイヤだからボクなら時間をかけて、そのリスクを減らして増やす方がいいかな」
「そうか！
さぁ次に投資する金額だよ。
つまり働かせるお金はいくらにするかだよ。
ポロンはいくらにしたいんだ？」
「生活費や食費なんかに使って余ったお金を貯金しているんだけど……」

「つまり余らなかったら貯金しないのかい？」
「うん、そうだね……」

「ポロン、答えは簡単なことだ。

給料を毎月もらうだろう。もらったら決まったお金を働かせるんだ。そして残ったお金で生活していくことを考えてごらん。

あれも欲しい、これも欲しいと買ってしまうと、やがて生活は成り立たなくなり夢の実現も叶わないよ」

「わかったよ、ボクはいくら働かせるか決めるよ！」

「さぁ～最後の課題だよ。

投資を始めるにはどんなものがあるのか知っているかい？」

「わからない」

「じゃ、ハンバーガーを思い浮かべてごらん。

ハンバーガーにはパテやレタスやトマト、ピクルス、いろいろはさむだろう。投資も君なりのおいしいハンバーガーを作っていくんだ」

「例えばハンバーガーのパテだ。

これを株というものにしよう。

毎日のニュースで今日の株価は……って聞くだろう。

会社が持っている財産や売上、そして将来成長して社会のために
なるであろうという可能性のことなんだよ。これによって、その
会社の株価というものが毎日変わるんだよ。

パテの肉だって毎日値段が変わっていることを知っているかい。
牛がどんな国でどんなものを食べて育ったのか、またどんな加工
をしてスーパーにならぶのか、これによって値段は変わっている
んだね。

いい会社やいい牛は値段が高いんだよ」

「さぁ次はと……レタスをはさんでみよう。

レタスは作られた場所でも値段は変わるけど、一番値段が変わる原因は気候、天気だね。

レタスは債券にしてみよう。

世界中にいろいろな国がある。その国によっては有名な会社が生まれたり、一方争いをくり返す国もある。この債券は国の経済状況によって値段が変わるんだ。債券には２種類あって国が出しているものは国債といい会社が発行しているものを社債というんだね。

住みやすく安全な国や、土が肥えておいしいレタスは値段が高いんだよ」

「次にトマトを入れてみよう。

トマトもレタスと同じように作られた場所、気候によって値段は変わる。

今度はトマトを不動産というものにしてみよう。

不動産は土地や建物のこと。

いい場所や設備が整っている土地や建物には高い値段がつくし、多くの人が住みたいと思えば、値段は変わっていくんだ。

ポロン、ハンバーガーのパテもレタスもトマトも一人で買うとたくさんお金が必要になるけど、大勢の人がお金を出し合って買ったらポロンは一人で買う時よりも少ないお金で買うことができる。そういう方法もあるんだ」

「最後にハンバーガーのピクルスにしようかな。

あってもなくてもいいけど、あったら味のアクセントになっておいしい。

投資でいうならゴールドやプラチナかな。

ゴールドやプラチナにはそれ自体に価値があるからね。

物の値段が上がっている時には有効に働いてくれるんだ」

世界のさまざまなものの値段が毎日変わっているんだね。
投資もそうだね。その不確実なリスクも必ず存在している。
どんなものでお金を働かせるかは君が決めればいいが、
リスクが違うものを組み合わせておくと安心かもしれない。

「バンズに株や債券、不動産、ゴールドなんかをはさんでみよう。
くれぐれも食べたときに歯が折れないようにね！」

投資と投機
運用するお金
運用方法とリスク
何も恐れることはない
10年・20年・30年と時間を使って
毎月コツコツ
そして運用方法をいくつかに
分ければいい、これだけだ!!

さぁ始めるには一日でも早い方がいい。
リスクをとって一歩ふみ出せばいいことだ。
時計の針はカウントし続けている。
立ち止まっている時間はない。

　夢を叶える旅の途中
　　　めいいっぱい楽しむんだー!!

ポロンは同じ学校の教師プップと結婚した。
この二人の間にはノアという男の子も誕生した。
ポロンは夫となり父親となり、とっても幸せに過ごしていた。
ノアが生まれたときは飛び上がるほどに嬉しかった。
ポロンはプップに大いに感謝した。

家族ができたという喜びとともにポロンの夢はどんどんと
大きくなっていった。

この頃ポロンのお金は25万ドルほど増えていた。

途中、世界の経済も悪くなったり、大きな事件もあったり、気候も変化したが、ずっと続けていた。

毎日コツコツ働いてコツコツ運用したので続けていくことができた。

少しずつお金が増えていったので、ポロンはまとまったお金ができるとまた運用にまわしていった。

そしていつでも夢を忘れずに、ひたすら進み決して足を止めなかった。

やがてポロンは決断した。

郊外に家を建てることを。

ぜいたくでごうかとはいえないが、すばらしい見晴らしの家を手に入れることができた。

ペイシーもプップもノアも、そしてポロン自身が何よりも喜んだ。

家を建てられたことよりも家族で安心して暮らせることが一番の幸せだった。

家を建て、夢を叶えたポロンは気がついた。

家を建てることが夢ではなかった。夢が実現したときの母親ペイシーの喜んでくれる笑顔が見たかったんだと。

ペイシーの顔には大きく深いシワがたくさんあったが、

そのシワの分ポロンは幸せに包まれていた。

年月が流れポロンとプップはノアを育てあげた。

母親のペイシーは数年前に病気で亡くなったが、一つ屋根の下
ポロンの建てた家のあたたかいベッドの中で、
「あなたの母親で良かった。幸せな人生だった……」
と一言言い残して眼を閉じた。
ポロンはペイシーの手が冷たくなるまでずっとにぎっていた。
「ありがとう、母さん……」

ポロンとプップは年をとった。

働くこともやめたが、今までに増やしたお金があったので、

それで十分な生活を送ることができた。

そして改めてフィルに感謝した。

フィルは父親のような存在でもあり、お金、いや人生の先生でも
あった。もしフィルがいなかったら夢の実現もなく、お金にあや
つられて、お金にこき使われていたであろう。

私をここまで導いてくれた多くの人に感謝の気持ちを込めて
お礼を言いたい。
そして、この緑も田や畑も山も川も花も
この世界にある美しいすべてのものを、ずっと残していき、
人間が人間らしく愛をもって生きられるよう、私もフィルのような
存在になりたいと思っている。
お金は大切であるからこそ、大切に使う。
さぁこの瞬間から、お金とどう向き合うのか。

この物語は夢を叶えるお金の話ではない。

お金は「手段」である。
夢を叶える手段にすぎない。
そして、その手段の目的は……。

君が君の人生をどう生きるか、
どう生きたいかである。
ポロンも君も、まだこれから

夢を叶える
　　旅の途中 !!

Hakuba

北アルプス、里山、川、緑、田んぼ、花、動物を愛する。子供を産み育てる中で、命のつながり
や唯一無二の世界の子供たちや動物たちの命の尊さを愛しみ『愛』無くしては生きられないこと
を伝えたい。著書に『小さな花と空と祈りと』（東京図書出版）がある。

Sora-m

イラストレーター：表紙カバー

ポロンと夢を叶える旅

小学生から始める資産運用

2024年2月9日　初版第1刷発行

著　　者　Hakuba
発 行 者　中 田 典 昭
発 行 所　東京図書出版
発行発売　株式会社 リフレ出版
　　　　　〒112-0001　東京都文京区白山 5-4-1-2F
　　　　　電話 (03)6772-7906　FAX 0120-41-8080
印　　刷　株式会社 ブレイン

落丁・乱丁はお取替えいたします。
ご意見、ご感想をお寄せ下さい。